Au secours
de la licorne

Titre original : *Blizzard of the Blue Moon*
© Texte, 2006, Mary Pope Osborne.
Publié avec l'autorisation de Random House Children's Books,
un département de Random House, Inc., New York, New York, USA.
Tous droits réservés.
Reproduction même partielle interdite.
© 2008, Bayard Éditions Jeunesse pour la traduction française
et les illustrations.

Réalisation de la maquette : Karine Benoit.
Coordination éditoriale : Céline Potard.
Illustration de couverture et illustrations intérieures : Philippe Masson.
Colorisation de la couverture, illustrations de l'arbre, de la cabane
et de l'échelle : Paul Siraudeau.

Loi n° 49-956 du 16 juillet 1949
sur les publications destinées à la jeunesse.
Dépôt légal : octobre 2008 – ISBN 13 : 978-2-7470-2616-1
Imprimé en Allemagne par Clausen & Bosse

La Cabane Magique

Au secours de la licorne

Mary Pope Osborne

Traduit et adapté de l'américain
par Marie-Hélène Delval

Illustré par Philippe Masson

BAYARD JEUNESSE

Léa

Prénom : Léa

Âge : sept ans

Domicile : près du bois de Belleville

Caractère : espiègle et curieuse

Signes particuliers : ne manque jamais une occasion d'entraîner son frère Tom dans des aventures mouvementées, sans se soucier du danger.

Tom

Prénom : Tom

Âge : neuf ans

Domicile : près du bois de Belleville

Caractère : studieux et sérieux

Signes particuliers : aime beaucoup
les livres, qui l'aident à se sortir
de situations périlleuses.

Les trente premiers voyages de Tom et Léa

Tom et Léa ont découvert dans le bois de Belleville, perchée en haut d'un chêne, une cabane pleine de livres. C'est une

cabane magique !

Elle appartient à la fée Morgane, une magicienne et une célèbre bibliothécaire qui voyage à travers le temps et l'espace pour rassembler des livres.

Nos deux jeunes héros ont déjà vécu des **aventures extraordinaires** ! Il leur suffit d'ouvrir un livre, de poser le doigt sur une image en souhaitant se trouver à l'endroit représenté, et ils y sont aussitôt transportés !

Dans les derniers épisodes, le magicien Merlin a envoyé Tom et Léa dans des lieux légendaires.

Dans le dernier tome,
souviens-toi :

les enfants se sont retrouvés à Paris, pendant l'Exposition universelle de 1889. Ils ont empêché un méchant sorcier de voler les secrets de quatre magiciens !

Nouvelle mission

Tom et Léa partent en Amérique

pour délivrer la licorne de son sortilège !

Sauront-ils éviter tous les dangers ?

★ ★ ★ ★ ★ ★

Lis vite
ce nouveau « Cabane Magique »
et pars à la découverte
de New York !

Prêt à suivre Tom et Léa
dans leurs dangereuses aventures ?

Bon
voyage !

La dernière licorne

Dehors, de lourds nuages gris assombrissent le ciel de novembre. Tom lit, assis devant la cheminée du salon.

– Qui veut du chocolat chaud ? crie son père depuis la cuisine.

– Moi, s'il te plaît ! répond le garçon.

La porte d'entrée s'ouvre, laissant un courant d'air froid traverser la pièce. Léa surgit, hors d'haleine :

– Tom ! Tu sais quoi ? Elle est là !

– Tu es sûre ?

– Oui ! En rentrant de la bibliothèque…

La petite fille marque une pause pour reprendre son souffle. Puis elle continue :

– … j'ai vu un éclair, juste au-dessus du bois. La dernière fois que ça s'est produit…

Elle n'a pas le temps de finir sa phrase, Tom est déjà debout. Il lance :

– Papa, je sors avec Léa. Tu nous gardes du chocolat ? On n'en a pas pour longtemps.

– D'accord. Amusez-vous bien !

Tom dit à sa sœur :

– Je monte chercher mon sac. On se retrouve sous le porche !

– N'oublie pas le livre de formules magiques, lui recommande Léa.

Elle se glisse dehors, tandis que le garçon grimpe les marches quatre à quatre. Il attrape son sac à dos, vérifie si le livre est dedans. C'est bon, il y est.

Tom dévale l'escalier. Dans l'entrée, il chausse ses bottes, enfile son blouson, enroule une écharpe autour de son cou. Zut ! Il allait oublier ses moufles !

– Alors, tu viens ? s'impatiente Léa.

Les enfants remontent la rue en courant et pénètrent dans le bois de Belleville. Leur haleine monte en buée dans l'air glacé. Les feuilles mortes craquent sous leurs pas.

Arrivé au pied du chêne, Tom lève la tête : la cabane magique est là !

Au sommet de l'arbre, entre les branches nues, elle se détache contre le ciel gris.

– Tu avais raison, Léa.

– Eh oui ! fait la fillette, qui escalade déjà l'échelle de corde.

À l'intérieur, les enfants découvrent un album sur le plancher, ainsi qu'un rouleau de parchemin. Léa le déroule et lit à haute voix :

Chère Léa, cher Tom, chers enfants du bois de Belleville,
Je vous envoie encore une fois en mission pour que vous me prouviez que vous savez utiliser la magie avec discernement.
Ce poème vous guidera.

                                          M.

– Merlin aime vraiment les poèmes, remarque Tom.

– Oui. Écoute celui-ci :

La dernière des licornes
Est aujourd'hui cachée
Par ceux qui l'ont ensorcelée.

Dans quatre siècles et quatre décennies,
Quand novembre touchera à sa fin
Et que la lune bleue brillera,
La licorne s'éveillera.
Quand par son nom on l'appellera
– Œillet Divin ! –
Libre elle sera, enfin.

Dès que ce nom sera prononcé,
À vous de l'amadouer
Lorsque ses chaînes et le sort
Ensemble seront brisés.

Une fille devra l'aimer, alors,
Et lui montrer le chemin,
Pour qu'elle ne reste pas à jamais enfermée
À la vue de chacun.

Si elle manque la chance et l'heure
De se cabrer et de s'enfuir,
Toute magie va se tarir
Dans sa corne et dans son cœur.

– Une licorne…, souffle Léa. Je sens que je l'aime déjà. Et, si je n'ai qu'à lui montrer le chemin, ce sera simple.

– Le poème n'est pas si facile à interpréter, à mon avis, objecte Tom. Quelle sorte de livre Morgane nous a-t-elle envoyé pour nous guider, cette fois ?

Il ramasse l'ouvrage laissé dans la cabane par la fée, la bibliothécaire du château de Camelot. Sur la couverture, une photo montre un alignement de gratte-ciel.

Le garçon lit le titre :

Guide de la ville de
NEW YORK
1938

– New York ? s'exclame Léa. J'adore cette ville. Tu te souviens de notre voyage avec tante Marie ?

– Oui, à moi aussi, ça m'avait plu. Mais qu'est-ce qu'une licorne peut bien faire là-bas ? C'est une créature imaginaire ; on n'en trouve que dans les anciens contes ! New York est une ville réelle, et 1938, ce n'est pas une époque si lointaine.

– Tu as raison, fait Léa, songeuse. Ce sera sans doute une mission difficile… Heureusement que Kathleen et Teddy nous ont donné le livre de magie !

– C'est vrai…

Le garçon tire le livret de son sac.

– Le problème, reprend-il, c'est que chacune des formules ne peut servir qu'une fois ; et on en a déjà utilisé sept !

– Donc, il nous en reste trois. Tu peux les lire ?

– *Pour appeler un nuage*, commence Tom.

– Super !

– Hmmm… Moi, je me demande à quoi ça peut être utile… Il y a aussi : *Pour retrouver un trésor perdu.*

– Eh bien, voilà ! se réjouit Léa. Le trésor, c'est sûrement la licorne. Avec cette formule, on est sûrs de réussir.

– Non, ça serait trop simple…

– Oh, tu as raison… Quoi d'autre ?

– Ta préférée : *Pour se transformer en canard !*

La petite fille éclate de rire :

– Ah, celle-là, j'ai hâte de l'essayer !

– Moi, j'espère qu'on n'en aura pas besoin, grommelle Tom.

Il n'a aucune envie de patauger dans une mare en cancanant. Un peu découragé, il déclare :

– Je me demande ce qu'on pourra faire avec ça…

Léa hausse les épaules :

– Bah, on verra bien ! Si on y allait ?

Tom approuve de la tête.

– New York, nous voilà ! lance-t-il.

Il pose le doigt sur l'image de couverture et prononce la phrase habituelle :

– Nous souhaitons être transportés ici.

Aussitôt, le vent se met à souffler, la cabane à tourner. Elle tourne plus vite, de plus en plus vite. Elle tourbillonne comme une toupie folle.

Puis tout s'arrête, tout se tait.

2

Qui sont-ils ?

Le vent envoie des flocons voleter jusque dans la cabane.

Les enfants portent à présent de chauds manteaux de laine, de grosses écharpes, des chapeaux et des mitaines.

Le sac à dos de Tom s'est transformé en une sacoche de cuir munie d'une lanière.

Léa jette un coup d'œil par la fenêtre : un immense champ couvert de neige s'étend à ses pieds. Au fond se dresse une ligne d'arbres. Au-delà, on aperçoit des gratte-ciel.

La petite fille désigne un très haut bâtiment, qui domine tous les autres :

– Pas de doute, on est bien à New York.
Je reconnais l'Empire State Building. On
était montés au sommet, tu te souviens ?

Tom s'approche à son tour :

– La cabane s'est sûrement posée sur un
arbre de Central Park. Mais on est en
1938. La ville doit être très différente
de celle qu'on a visitée.

Il ouvre le livre et lit l'introduction :

**New York est la plus grande cité
de la côte Est des États-Unis.
Elle s'étend sur plus
de cinq cents kilomètres carrés.**

– Wouah ! fait le garçon en refermant le volume. Même en 1938, New York était déjà une ville énorme. Notre mission, c'est de chercher une aiguille dans une botte de foin…

– Relisons d'abord le poème, suggère Léa.

Elle récite la première strophe à haute voix :

*La dernière licorne
Est aujourd'hui cachée
Par ceux qui l'ont ensorcelée.*

– Donc, commente Tom, on a lancé un sort à cette licorne. Et elle est quelque part à New York, sinon, Merlin ne nous aurait pas envoyés ici.

– Exact, approuve Léa.

Et elle lit les vers suivants :

Dans quatre siècles et quatre décennies,
Quand novembre touchera à sa fin
Et que la lune bleue brillera,
La licorne s'éveillera.

Elle s'interrompt pour demander :

– C'est quoi, une lune bleue ? Il me semble avoir déjà entendu cette expression.

– C'est comme ça qu'on l'appelle quand elle est pleine pour la deuxième fois d'un même mois. Ce qui n'arrive pas très souvent.

– Ah !

Et Léa continue :

Quand par son nom on l'appellera
– Œillet Divin ! –
Libre elle sera enfin.

– Attends ! intervient Tom. Le nom de la licorne serait Œillet Divin, alors ?

– Je suppose…

La petite fille finit de lire le poème, et son frère conclut :

– Bon, résumons la situation : une licorne est cachée quelque part dans New York. Elle est ensorcelée. Le sort cessera pendant la lune bleue, à la fin de novembre. Mais la créature ne s'éveille que si on l'appelle par son nom : Œillet Divin. Après quoi, une fille – sûrement toi, Léa ! – doit l'aimer et lui montrer le chemin.

– Oui. Si je ne la libère pas, elle perdra ses pouvoirs magiques. Allons-y !

– Y aller ? Où ça ?

– On n'a qu'à interroger les New-Yorkais.

28

Ils ont peut-être entendu parler d'une licorne qui se balade en ville. Tiens, justement, je vois des promeneurs, dans le parc.

Tom se penche à la fenêtre. Sous la neige qui tombe, un groupe de filles traverse le champ, des patins à glace à la main.

Deux personnes se tiennent au sommet d'une butte. L'une est vêtue d'une cape noire à capuchon, l'autre, d'un long imperméable.

Le garçon rétorque :

– Si on demande aux gens : « Vous n'auriez pas vu une licorne, par hasard ? », ils vont nous prendre pour des fous.

Léa hausse les épaules :

– Et alors ? Peut-être que *quelqu'un* saura *quelque chose.* Viens, on y va !

Tom range le livre dans la sacoche, passe la courroie en bandoulière et suit sa sœur.

Lorsqu'ils arrivent en bas, les patineuses ont disparu, les autres gens aussi.

– Où sont-ils partis ? grommelle le garçon.

– Ce n'est pas grave, dit sa sœur. On en rencontrera ailleurs.

Les enfants traversent le champ, tête baissée sous le vent qui leur jette la neige à la figure. Soudain, Léa pointe le doigt :

– Oh, un étang gelé ! Les patineuses venaient sûrement de là.

Tom n'y voit plus grand-chose, les flocons se collent aux verres de ses lunettes.

Il les enlève pour les essuyer. L'étang est désert, à présent. De la neige poudreuse tourbillonne au ras de la glace.

Les enfants avancent encore ; leurs pieds s'enfoncent dans la molle couche blanche.

– Hé ! s'écrie Léa. Tu as vu ça ? Tu te souviens…

Le manège sur lequel ils sont montés lors de leur voyage avec leur tante Marie est là, devant eux ! Aujourd'hui, les chevaux de bois, immobiles, semblent tristes et abandonnés.

– J'ai l'impression qu'on est les seules créatures vivantes, dans ce parc, marmonne le garçon.

– Oui, il faut qu'on sorte d'ici…

La neige tombe si dru, à présent, qu'elle forme une sorte de brouillard. Les gratte-ciel qu'on apercevait au loin sont devenus presque invisibles.

31

– Voyons ce que dit le livre, décide Tom.

Il ouvre sa sacoche pour en tirer le volume. Sous une image du grand parc, il lit :

**Central Park est un espace vert
de trois cent quarante et un hectares
au beau milieu de la ville.
Il offre aux New-Yorkais des sentiers
piétonniers et des pistes de patinage.
On y trouve des blocs de rochers, des bois,
des lacs artificiels, des...**

– D'accord, d'accord ! l'interrompt Léa. C'est un *grand* parc. Il n'y aurait pas une carte, qu'on sache où on est ?

Tom essaie de trouver la table des matières. Mais le vent et la neige l'en empêchent. Il range le livre :

– Allez, viens ! On va sûrement tomber sur une sortie.

Ils reprennent leur marche. Une bourrasque arrache la casquette de Tom. Quand il se retourne pour la rattraper, il découvre deux jeunes gens, à quelques pas derrière eux. Ils avancent, courbés en deux.

La fille est emmitouflée dans une cape noire à capuchon. Le garçon porte un vêtement de pluie brun.

– Léa, regarde ! lance Tom.

À cet instant, une rafale secoue les arbres, et de gros paquets de neige dégringolent des branches. Les enfants se couvrent la tête de leurs bras.

Quand le coup de vent a cessé, il n'y a plus personne.

– Tu les as vus ? demande Tom.

– Qui ça ?

– Le garçon et la fille qu'on a aperçus tout à l'heure, depuis la cabane. On dirait qu'ils nous suivent.

– Un garçon et une fille qui nous suivent ! s'écrie Léa. Ça ne te rappelle rien ?

Un grand sourire éclaire le visage de Tom :

– Teddy et Kathleen ?

Sa sœur opine du menton :

– Souviens-toi : lors de nos trois dernières missions, ils n'étaient jamais bien loin, toujours prêts à nous donner un coup de main.

– Tu as raison. Ils sont déguisés, mais c'est sûrement eux. Ça tombe bien. On a justement besoin d'aide.

Et les enfants se mettent à crier :

– Hou, hou ! Hou, hou !

Seul le hurlement du vent leur répond.

– Ça ne fait rien, dit Léa. On les retrouvera tôt ou tard, comme d'habitude.

3

Perdus dans Central Park

Tom et Léa se remettent en route. Au bout d'un moment, ils arrivent au bord de l'étang gelé.

– On tourne en rond, ronchonne le garçon. Comment sort-on de ce parc ?

– Si on essayait de marcher en ligne droite ? suggère Léa.

Ils repartent. Tom ne cesse de jeter des regards en arrière. Il tente d'apercevoir Teddy et Kathleen. Seulement, il n'y voit pas grand-chose, avec ces flocons qui collent à ses lunettes.

La neige s'introduit partout, sous son écharpe, dans ses mitaines.

Soudain, sa sœur étouffe un cri.

– Regarde ! souffle-t-elle en lui saisissant le bras.

Un énorme chien-loup les observe du haut d'une butte.

– Oh ! lâche Tom.

L'animal ne bouge pas. Les oreilles dressées, la gueule ouverte, il reste figé.

Alors Léa se met à rire :

– C'est une statue !

Elle s'en approche, ôte de la main le givre d'une plaque, sur le socle. Elle lance à son frère :

– Il s'appelle Balto ! En 1925, il a transporté des médicaments jusqu'en Alaska, en plein blizzard.

– Très intéressant, soupire Tom. Mais ça ne nous indique pas la sortie…

– On n'a qu'à suivre ce chemin. Il mène sûrement quelque part.

En effet, on devine une large allée, couverte d'un tapis blanc.

Ils marchent, marchent, longent un théâtre de plein air, une fontaine ornée d'un ange de pierre. Les ailes déployées, il semble prêt à s'envoler.

Après la fontaine, l'allée se sépare en deux. Tom hésite :

– À droite ou à gauche ?

– Je ne sais pas. Choisis.

Le garçon opte pour la gauche ; Léa lui emboîte le pas. À présent, ils franchissent un pont qui enjambe un lac gelé.

Ils marchent, marchent, tête baissée pour éviter les petites aiguilles glacées de la neige qui leur piquent les joues.

Impossible d'aller tout droit : le sentier fait des tours et des détours.

Tom se souvient de ce qu'il a lu dans le livre : « **Un espace vert de trois cent quarante et un hectares...** »

– Quittons ce chemin, déclare-t-il, ou on n'en sortira jamais.

Léa ne répond pas.

Tom se retourne, lève la main afin de protéger ses yeux du vent coupant :

– Léa ?

Sa sœur n'est plus là.

Il regarde de tous les côtés. Personne.

Rien qu'un monde entièrement blanc.

– LÉA !

Est-ce qu'elle a pris une autre allée ? Est-ce qu'elle s'est perdue ?

– LÉA !

Elle va tourner en rond dans la tempête de neige pendant des heures. Elle va mourir de froid. Il faut qu'il la retrouve !

Tom s'efforce de rester calme. Il respire, lentement, profondément. Il pense : « J'ai besoin d'une formule. »

Combien leur en reste-t-il ? Il n'arrive plus à s'en souvenir.

Il bataille avec la fermeture de sa sacoche ; ses doigts sont engourdis. Enfin, il attrape le petit livre de magie. Il essuie ses lunettes.

Tournant le dos au vent, il lit :

– *Pour se transformer en canard*. Non, ça ne convient pas. *Pour attraper un nuage*. Non, il est déjà dans le brouillard ! *Pour retrouver un trésor perdu*.

« Léa est-elle un trésor ? » songe Tom. Un trésor, c'est une chose qui a une très grande valeur, comme de l'or ou bien des pierres précieuses. Mais, à cet instant, sa sœur lui semble infiniment plus précieuse que n'importe quelle pierre ; elle est bel et bien ce qu'il a de plus précieux au monde.

Tom cherche la formule et la lit à voix haute :

Trésor perdu, trésor retrouvé,
Um-motta ru, um-motta lé !

– Tom !

Il pivote sur lui-même. Léa est juste derrière lui.

– Ah, tu es là ! dit-elle. J'ai cru que tu avais disparu.

– C'est toi qui avais disparu, pas moi ! proteste le garçon en remettant le livre dans son sac. Reste à côté de moi, maintenant.

Il attrape la main de sa sœur et la tient bien serrée :

– Bon, qu'est-ce qu'on fait ?

Léa désigne alors une grande construction :

– Ce ne serait pas un château, là ?

– Un château ?

En plissant les yeux, Tom distingue une bâtisse flanquée de tours, au sommet d'une colline enneigée.

De la lumière brille à l'une des fenêtres.

– Allons voir, décide Léa. Quelqu'un pourra peut-être nous aider. Des gens qui habitent un château doivent s'y connaître en licornes.

– Ils sauront au moins nous dire comment sortir d'ici, conclut Tom.

Les enfants gravissent les marches de pierre qui mènent à l'entrée. En haut, Tom se retourne pour regarder le parc.

Il devine deux silhouettes sombres dans la neige, l'une portant une cape noire à capuchon, l'autre, un imperméable brun.

– Léa ! souffle-t-il. Ils sont là.

À cet instant, un tourbillon de neige les enveloppe, et Tom ne voit plus rien. Les jeunes magiciens ont disparu.

– Ne t'en fais pas ; ils sauront bien nous retrouver, lui assure Léa. Viens, entrons !

Elle pousse le battant, et ils pénètrent dans un vestibule obscur. La porte se referme bruyamment derrière eux.

– Qui est là ? demande une voix masculine.

– C'est nous, répond la petite fille.

Un homme grand et mince, vêtu d'un costume démodé, descend l'escalier.

– Par exemple ! s'écrie-t-il. Deux enfants ! Que faites-vous dehors, par une pareille tempête ?

– On s'est perdus, répond le garçon. Je m'appelle Tom, et voici ma sœur, Léa.

– Ravi de vous connaître. Je suis Bill Perkins. Bienvenue au Belvédère.

– C'est quoi, ce Belvédère ? interroge Léa.

– Ce bâtiment a été bâti en 1869, sur le modèle d'un château écossais, explique M. Perkins. Aujourd'hui, il abrite un observatoire météorologique. J'appartiens au service météo. D'après mes observations, le temps n'est pas près de s'arranger.

– Nos observations nous disent la même chose, marmonne Tom, qui grelotte dans ses vêtements mouillés.

– Cette tempête de neige nous arrive de l'ouest. Une autre, qui monte du sud, approche rapidement. À la tombée de la nuit, les choses vont empirer.

– Ça a l'air sérieux, commente Léa.

– C'est plus que sérieux, dit le météorologue. C'est désastreux. Ce soir, les deux
perturbations vont se rencontrer. Cela va
créer un blizzard d'une extrême violence,
comme jamais New York n'en a connu !
Plus terrible encore que celui de 1888.
C'est la pire chose qui pouvait arriver à
notre ville, en ces temps difficiles.

– Je voudrais vous poser une question,
reprend Léa. Savez-vous si la lune sera
pleine cette nuit ?

– Elle le sera. Mais vous ne la verrez pas,
avec tous ces nuages. Ce sera la deuxième
pleine lune du mois.

– La lune bleue !

M. Perkins approuve de la tête :

– La lune bleue. Exactement, jeune
fille !

– J'ai une autre question, commence
Léa. Où pourrait-on trouver…

– Des animaux… peu ordinaires ? la coupe Tom. Ici, à New York ?

– Ici ? Le mieux serait d'aller au zoo du Bronx. On peut y voir des bêtes venues du monde entier.

– Magnifique ! s'écrie Léa. Comment y va-t-on, à ce zoo ?

M. Perkins proteste :

– Vous ne pouvez pas vous rendre au zoo aujourd'hui. Pas dans cette tempête !

– Oh non ! Bien sûr que non, s'empresse de le rassurer Tom. Mais, si nous décidions d'y aller, plus tard…

– Eh bien, le mieux serait de prendre le West Side IRT.

– Qu'est-ce que c'est ?

– La ligne de métro qui dessert l'ouest de la ville. Le train n° 2 vous conduira au Bronx.

– Super ! Merci pour tout ! Nous allons vous laisser, maintenant.

Tom et Léa se dirigent vers la porte.

– Attendez ! les arrête M. Perkins. J'ai un téléphone, à l'étage. Je vais prévenir vos parents. Ils viendront vous chercher.

– Euh… c'est que…, bafouille Léa, nous ne sommes pas ici depuis longtemps, et… nous n'avons pas encore le téléphone.

– Mais nous n'habitons pas loin, ajoute Tom. Il faut juste qu'on trouve la sortie du parc.

– Du côté ouest, précise Léa.

– En effet, du côté ouest. Pouvez-vous nous indiquer le chemin ?

– Certainement.

M. Perkins ouvre la porte.

Aussitôt, un tourbillon de neige s'engouffre dans le vestibule. L'homme pointe le doigt vers la droite :

– Vous traversez l'esplanade, puis vous descendez les escaliers. Là, un chemin vous conduira hors du parc jusqu'à la Quatre-vingt unième Rue. Ne traînez pas !

– On va se dépêcher, lui assure Tom.

– Merci encore, monsieur Perkins ! lance Léa.

Et les deux enfants s'enfoncent dans le blizzard.

Une époque difficile

Balayée par le vent, la neige forme de hautes congères de chaque côté du chemin.

– Ce M. Perkins est un homme sympathique, dit Léa en resserrant son écharpe.

– Oui, renchérit son frère. J'aimerais bien revenir au Belvédère pour qu'il me montre ses instruments d'observation.

Bientôt, les enfants aperçoivent des immeubles, au-delà des arbres.

– On y est, se réjouit Léa.

Tom observe les alentours :

– Est-ce que tu vois Teddy et Kathleen ?

– Non, mais on ferait mieux de se dépêcher si on veut aller au zoo aujourd'hui.

Le garçon acquiesce. M. Perkins a dit que le blizzard allait devenir terrible à la tombée de la nuit. Et elle tombe tôt, en novembre.

Le vent emporte des quantités d'objets arrachés aux passants : des journaux, des chapeaux, des parapluies… Parfois, les bourrasques sont si fortes que les enfants doivent s'accrocher à un réverbère pour ne pas être renversés.

Ils profitent d'une brève accalmie pour traverser la chaussée. Les voitures garées le long du trottoir sont à moitié ensevelies.

Tom et Léa empruntent une rue transversale. Ils passent devant un couple âgé, blotti dans l'encoignure d'une porte. Les deux vieillards, enveloppés dans des couvertures déchirées, ont allumé un feu dans un bidon rouillé.

Un peu plus loin, une pancarte signale : SOUPE GRATUITE. Des gens mal vêtus font la queue à l'entrée du bâtiment. Tom souhaite de tout son cœur qu'ils aient un endroit où s'abriter quand le blizzard se déchaînera.

Léa s'adresse à l'un d'eux :

– S'il vous plaît, monsieur, où est la ligne de métro West Side IRT ?

– Tout droit, à deux blocs d'ici, leur indique l'homme.

– Merci !

Tom et Léa longent des boutiques. Les volets sont tirés devant les vitrines. Des affichettes punaisées sur les portes annoncent :

BOULETTES DE VIANDE AUX HARICOTS : 10 CENTS

BOULANGERIE ZITO : 5 CENTS LA MICHE

CHAMBRE À LOUER : 2 DOLLARS LA SEMAINE

De jeunes vendeurs de journaux se sont réfugiés sous l'auvent d'un théâtre. Ils ont emballé leurs jambes dans du papier journal pour se protéger du froid.

– Excusez-moi ! leur lance Tom. Où est l'entrée du métro ?

– Au coin, à droite, répond un des garçons. La boule verte.

« La boule verte ? Qu'est-ce que ça veut dire ? » se demande Tom.

– Merci, dit Léa. Mais vous devriez rentrer chez vous. À la nuit, le blizzard va être terrible !

Les enfants courent jusqu'au coin de la rue. Léa s'écrie :

– C'est là, Tom !

En effet, un poteau surmonté d'une grosse boule verte marque l'entrée d'un escalier qui s'enfonce sous terre.

Une pancarte avertit :

UPTOWN IRT TRAINS 1, 2, 3

– M. Perkins a parlé du train n° 2, se rappelle la petite fille.

– Attends ! dit Tom en regardant autour de lui. Teddy et Kathleen sont peut-être par là ?

Sa sœur examine la rue à son tour :

– Non, je ne les vois pas. Mais ils sauront nous retrouver, ne t'inquiète pas.

Les marches sont encombrées de gens qui se sont mis à l'abri. Les enfants descendent l'escalier et se mêlent à la foule.

Une file de voyageurs patiente devant un tourniquet. Au-dessus, il est écrit :

Métro : 5 cents

– Oups ! lâche Léa. Tu as de l'argent ?

– Non, mais… dans ma poche peut-être ?

Quand on est habillé par magie, on peut bien avoir de l'argent magique, non ?

En effet, Tom sort de sa poche deux pièces de monnaie.

– Super ! se réjouit la petite fille.

Et elle prend son tour dans la queue.

Tout en attendant, le garçon observe la station. Un joueur de banjo interprète un air entraînant, que personne ne semble écouter.

Un type en haillons marche de long en large en tendant un vieux chapeau. Tom fouille dans son manteau. Il en sort une autre pièce de monnaie et la fait tomber dans le galurin.

Aussitôt, le visage du mendiant s'éclaire :

– Merci, petit. Dieu te bénisse !

Quand il s'est éloigné, Tom dit à sa sœur :

– Une petite pièce de rien du tout, et il a eu l'air si heureux !

– Oui. On voit beaucoup de pauvres, ici.

– Je me demande pourquoi…

Tandis que la file avance lentement vers le tourniquet, le garçon tire de son sac le livre sur New York. Il parcourt l'introduction et s'exclame :

– Ah ! Je comprends ce que voulait dire M. Perkins quand il parlait de « temps difficiles ». Écoute ça :

**Dans les années 1930,
les États-Unis d'Amérique ont connu
de terribles problèmes économiques.
Cette période très dure est appelée
« la Grande Dépression ».
Beaucoup de gens se sont retrouvés
sans emploi, sans argent, sans abri.**

– Si seulement on pouvait les aider, soupire Léa.

Puis elle reprend :

– Pour l'instant, occupons-nous plutôt de notre mission. On a une licorne ensorcelée à sauver !

Le garçon fronce les sourcils :

– Sauver une licorne ! Ça n'a aucun rapport avec la Grande Dépression…

– C'est vrai, admet Léa.

Puis elle fait remarquer :

– Hé, c'est bientôt notre tour ! Regardons comment les gens s'y prennent.

Tom et Léa observent une vieille femme qui introduit sa pièce dans une fente. Puis elle pousse le tourniquet et passe sur le quai. Les enfants l'imitent.

Il fait froid, sur ce quai. Les voyageurs ont des mines inquiètes, comme s'ils craignaient que la rame n'arrive pas. Tom aussi est préoccupé ; il faut qu'ils arrivent au zoo avant la nuit de la lune bleue, avant qu'un blizzard monstrueux ne s'abatte sur la ville. Et une fois là-bas ?

– Je ne comprends pas, soupire-t-il. Dans le poème, la licorne est « *enfermée à la vue de chacun* ». Si on pouvait voir autrefois une telle créature au zoo de New York, on en aurait entendu parler. C'est tout de même une chose extraordinaire !

– Le poème dit aussi qu'elle est « *cachée par ceux qui l'ont ensorcelée* ». Le sort lui donne peut-être l'aspect d'une bête ordinaire ? Et, quand on l'appellera par son nom, elle… elle…

– Elle révélera sa vraie nature.

– Exactement !

– Hmmm…, marmonne Tom. Mais, en ce cas, comment saurons-nous quel animal regarder ?

À cet instant, une cloche sonne ; des lumières apparaissent au bout du tunnel. La rame entre dans la station en grondant. Sur l'avant du train, Tom remarque un énorme 2.

– C'est le bon !
s'écrie-t-il.

Les gens se précipitent. Tom et
Léa, entraînés par la bousculade, sont
poussés dans un wagon. Toutes les places
assises sont prises, alors ils restent debout
et se cramponnent à un poteau de métal.

Les voyageurs continuent de monter.

Bientôt, ils sont aussi serrés que des sardines dans une boîte. Tom s'en fiche : au moins, il n'a plus froid !

Soudain, Léa pousse un cri et tend un doigt. Tom réussit à glisser un regard par la vitre : deux personnes traversent le quai en courant et bondissent dans une autre voiture.

L'une d'elles porte une cape noire, et l'autre, un imperméable brun.

Une cloche retentit. Les portes du wagon se ferment ; la rame s'ébranle.

– Ils sont montés juste derrière nous ! s'exclame Léa.

Tom sourit jusqu'aux oreilles :

– Oui ! On les retrouvera quand on va descendre.

– Au fait, on descend où ?

– Flûte ! lâche le garçon. On a oublié de demander.

Il se tourne vers une dame :

– Excusez-moi, madame. À quelle station faut-il s'arrêter pour aller au zoo du Bronx ?

– Tremont Avenue, grommelle la femme.

– Et… c'est où ?

– Consultez le plan !

Les enfants en aperçoivent un, accroché au-dessus d'une rangée de sièges. Ils se tordent le cou pour regarder. Des tas de lignes de couleur s'entrecroisent.

– Je n'y comprends rien, peste Tom.

Une jeune fille est assise juste sous le plan. Sa tête et ses épaules sont enveloppées d'un châle rouge déchiré qui lui cache à moitié le visage. Remarquant leur mine embarrassée, elle propose :

– Je peux vous aider ?

– Oh oui, s'il vous plaît ! dit Léa. Pouvez-vous nous dire où il faut descendre pour aller au zoo du Bronx ?

– C'est encore loin. Quand on y arrivera, je vous le signalerai.

– Merci beaucoup !

La rame roule dans le tunnel en cahotant. À chaque arrêt, Tom essaie de lire le nom des stations, mais il y a trop de monde sur les quais. Heureusement que la fille au châle a promis de les prévenir !

La chaleur réconforte le garçon et lui donne envie de dormir.

Soudain la fille annonce :

– Attention ! Votre arrêt est le prochain.

Tom et Léa la remercient. Ils jouent des coudes pour atteindre la porte. Quand elle s'ouvre, ils sont presque projetés à l'extérieur de la voiture tant les gens se bousculent pour sortir.

Les portes se referment, et la rame poursuit son chemin.

Les cloîtres

Le flot des voyageurs s'écoule par les différentes sorties. Mais on n'y voit ni fille vêtue d'une cape, ni garçon en imperméable.

Tom est soucieux :

– Aucun signe de Teddy et Kathleen…

– Bah ! Si on a trouvé où descendre, eux aussi. Ils nous rejoindront sûrement au zoo. Dépêchons-nous !

Les enfants suivent la foule et se retrouvent dehors. En avisant l'échoppe d'un marchand de journaux, Léa décide :

– Tiens ! On va se renseigner.

Elle s'approche et interroge l'homme :

– Pouvez-vous nous indiquer le chemin du zoo, s'il vous plaît ?

– Vous voulez y aller à pied ? s'exclame le marchand. Vous êtes tombés sur la tête ! C'est beaucoup trop loin !

– On n'est pas sortis à la bonne station ?

– Non. Mais, de toute façon, le métro n'ira pas jusque là-bas aujourd'hui : avant d'arriver au zoo, la ligne devient extérieure, et les rails sont ensevelis sous la neige.

– Oh, zut ! lâche Tom, dépité.

– Eh oui ! Sale temps pour se promener !

Puis, sans s'intéresser davantage aux enfants, l'homme se tourne vers un client.

– Cette fille nous a mal renseignés, bougonne Tom.

Indécis, il se balance d'un pied sur l'autre. Un fort coup de klaxon le fait alors sursauter : « POUÊT ! »

Une grosse voiture jaune s'arrête au bord du trottoir en klaxonnant encore : « POUÊT ! »

Le chauffeur passe la tête par la vitre. Sa casquette fourrée lui tombe jusqu'aux sourcils.

– Besoin d'un taxi ? lance-t-il.

– Oui ! répond aussitôt la petite fille.

Et elle bouscule son frère :

– Allez, monte !

– En route ! s'exclame le chauffeur.

Sa voix chaleureuse est presque étouffée par la grosse écharpe qui lui couvre la moitié du visage.

– Merci, dit Tom en s'installant.

Le véhicule est spacieux. Le garçon peut étendre les jambes sans toucher le siège de devant.

– Les voitures de cette époque sont plus confortables que les nôtres, fait-il remarquer à sa sœur.

– Oui, mais elles n'ont pas de ceinture de sécurité…

– Exact ! J'espère que ce type est un bon conducteur.

Le chauffeur ouvre une petite fenêtre dans la cloison qui sépare l'arrière et l'avant :

– Vous allez où ?

– Au zoo du Bronx, s'il vous plaît, répond Léa.

– On est très pressés, ajoute Tom.

– Pas de problème, jeunes gens !

Soudain, Léa pense qu'il y a un problème, justement ! Elle s'enquiert timidement :

– Et… ça coûtera combien ?

– Environ trente cents. C'est dans vos moyens ?

Léa interroge son frère du regard.

Celui-ci fouille dans ses poches et en sort une poignée de pièces. Encore de la magie ! Cet argent n'y était pas avant, il en est sûr.

– Ça ira ! lance-t-il gaiement.

L'homme referme la petite fenêtre et démarre.

– Rien n'est cher, ici, chuchote Léa.

– Ce n'est pas cher pour nous. Mais ces pauvres gens qu'on a vus, ils ne pourraient pas se payer un taxi. C'est la Grande Dépression, souviens-toi.

À cet instant, le véhicule dérape sur la chaussée verglacée et heurte le bord du trottoir. Tom manque de tomber de son siège.

– Pardon ! s'excuse le chauffeur.

Il redresse la direction, puis continue en zigzaguant.

Conduire par ce mauvais temps, ça n'a pas l'air facile. Pourvu qu'ils n'aient pas d'accident ! Tom regarde nerveusement au-dehors. Les rues sont désertes, à présent, et les boutiques, fermées.

La neige s'entasse partout, sur les escaliers, les balcons. Les bâtiments qui bordent la rue sont délabrés, leurs carreaux, cassés.

Le taxi roule maintenant sur une route bordée de sapins. Il s'engage dans une côte. Soudain, il fait une embardée et cale.

Le chauffeur relance le moteur, qui rugit. Les roues patinent ; le véhicule ne bouge pas.

L'homme ouvre de nouveau la petite fenêtre et déclare :

– Désolé, je suis embourbé !

– On est bientôt arrivés au zoo ? s'enquiert Léa.

– Ça fait encore un bout de chemin. Mais moi, je ne peux pas aller plus loin.

– Bon, tant pis, on ira à pied ! Combien on vous doit ?

– Rien du tout, petite. Allez, bonne chance !

– Bonne chance à vous aussi !

Les enfants ouvrent la portière et sortent dans le vent glacial. Le chauffeur redémarre ; les roues envoient de tous côtés des éclaboussures de neige sale. La voiture n'avance toujours pas.

Les enfants s'éloignent, tête baissée, à moitié aveuglés.

– C'est nul, que le métro n'aille pas jusqu'au zoo aujourd'hui !
rouspète Tom.

Le frère et la sœur continuent péniblement et s'arrêtent au bord d'une falaise. Au-delà, ils ne voient que des tourbillons blancs.

– Où sommes-nous ? demande Léa.

– Aucune idée !

Le garçon claque des dents ; les yeux et les oreilles lui brûlent, ses mains et ses pieds sont complètement engourdis. S'ils restent dehors plus longtemps, ils vont mourir gelés.

– Retournons nous asseoir dans le taxi, propose-t-il. Au moins, on sera à l'abri, et on pourra réfléchir.

– Bonne idée ! approuve Léa. Le chauffeur réussira peut-être à redémarrer.

Mais, quand ils arrivent à leur point de départ, le véhicule a disparu.

– Il nous a abandonnés ! gémit la petite fille.

– On n'a vraiment pas de chance,

renchérit Tom. J'ai l'impression d'être raide de froid.

Léa aperçoit alors quelque chose :

– Hé ! On dirait une tour, là-bas.

– Je la vois. Allons-y, on décidera après de ce qu'on fera.

Dérapant, trébuchant, les enfants suivent une allée qui les mène devant une bâtisse de pierre grise. À côté du portail, une plaque indique :

CLOÎTRES DU METROPOLITAN
MUSEUM
OUVERT AU PUBLIC

– Un musée ! s'exclame Léa. Entrons. Quelqu'un pourra peut-être nous renseigner.

– Et on se réchauffera quelques minutes.

Ils grimpent les marches couvertes de neige.

Quand ils poussent la porte, le vent entre avec eux à l'intérieur du bâtiment. Ils se dépêchent de refermer le battant.

– Ah ! Mes premiers visiteurs de la journée ! pépie une voix grêle.

Une femme aux cheveux gris, vêtue d'un uniforme vert, est assise derrière un bureau.

Elle adresse aux arrivants un sourire aimable.

– Désolée, s'excuse Léa. On ne peut pas rester longtemps. On a juste besoin d'une information.

– Si je peux vous aider…

– Nous devons nous rendre au zoo, explique Tom. Y a-t-il un métro, près d'ici ?

– La ligne A n'est pas loin, dit la gardienne. Mais elle ne va pas au zoo. Et, si j'étais vous, je n'irais pas là-bas par ce mauvais temps. Visitez plutôt les cloîtres ! Vous ne le regretterez pas. Ils contiennent la plupart des collections d'art médiéval du fameux Metropolitan Museum.

– Qu'est-ce que c'est, un cloître ? demande Léa.

– C'est la galerie couverte entourant le jardin intérieur d'un couvent. Nous en avons quatre, ici. Ils rappellent merveilleusement le Moyen Âge, depuis l'époque romane jusqu'à la période gothique.

– Super ! fait poliment Tom.

Il n'a aucune idée de ce que signifie « roman » ou « gothique » !

– Aujourd'hui, reprend la gardienne, ce n'est pas très agréable de se promener dans les jardins. Heureusement, nous avons aussi des salles d'exposition. Vous y verrez des tapisseries magnifiques. Elles ont garni les murs de châteaux français pendant des années, et ont échappé aux destructions causées pendant la Révolution. Figurez-vous que…

– Excusez-moi, l'interrompt Tom, que ce cours d'histoire n'intéresse guère. Nous voudrions…

Mais la femme est trop contente d'avoir des visiteurs. Elle poursuit :

– … les paysans ont utilisé ces tapisseries pour en faire des sacs à pommes de terre. Par chance, une comtesse les a sauvées. Elles ont été restaurées en 1922. M. John D. Rockefeller les a achetées, et…

– Formidable ! s'écrie Tom.

S'ils font mine d'être captivés, ils trouveront peut-être le moyen de s'échapper…

– On aimerait bien les voir, continue-t-il. Où sont-elles ?

– La salle des tapisseries est au fond du premier cloître, par là, dit la gardienne.

– On y va. Viens, Léa !

Et il entraîne sa sœur. Ils poussent une porte et sortent dans le jardin.

– Je nc voulais pas être impoli, explique Tom. Mais on n'a plus beaucoup de temps.

– Tu as eu raison. Bon, maintenant, il faut qu'on trouve le zoo. On peut sans doute y aller à pied, d'ici.

– Rentrons dans la salle des tapisseries, propose Tom, qui grelotte. On sera mieux pour consulter le livre. Il y a sûrement un plan.

Ils empruntent la galerie et arrivent devant une porte. Ils pénètrent dans une grande pièce. Une agréable chaleur les envahit.

Tom fouille dans sa sacoche pour en tirer le livre.

À ce moment, Léa s'écrie :

– Wouah !

– Quoi ? Qu'est-ce qu'il y a ?

– Là…, fait la petite fille en pointant le doigt.

Les murs de la salle sont recouverts de tapisseries, ornées de fils d'or et d'argent. Et, sur l'une d'elles, on voit…

– Une licorne ! souffle Tom.

La chasse
à la licorne

Il y a sept magnifiques tapisseries. Tom s'approche et lit à voix haute l'inscription accrochée sous la première :

La chasse à la licorne
*Tapisserie fabriquée aux Pays-Bas
à la fin du XVe siècle*

On y voit des chasseurs et des chiens lancés sur la trace de leur gibier.

La seconde scène montre la licorne débusquée.

Sur les autres, la bête fabuleuse tente de s'échapper en sautant par-dessus un ruisseau ; les chiens la poursuivent ; enfin, elle est capturée et s'effondre, transpercée par les lances des chasseurs.

Curieusement, la septième tapisserie montre la licorne vivante. Elle est enchaînée à un arbre et couchée au milieu des fleurs, dans un enclos. Elle porte autour du cou un collier bleu et or.

– C'est elle ! souffle Léa.

Son frère lui jette un regard étonné :

– Ça ne peut pas être la licorne qu'on recherche. Tu vois, celle-ci n'est qu'une image faite de bouts de laines de couleur.

– Rappelle-toi le poème de Merlin…

Tom sort le parchemin de son sac. Il lit :

La dernière des licornes
Est aujourd'hui cachée
Par ceux qui l'ont ensorcelée.

– Tu vois ! Les gens qui ont fabriqué la tapisserie lui ont jeté un sort ; elle est cachée dans ces fils tissés.

– Hmmm…, fait Tom, pas très convaincu. Il continue :

Dans quatre siècles et quatre décennies,
Quand novembre touchera à sa fin
Et que la lune bleue brillera…

– Attends ! l'interrompt Léa. Calculons.

– Tu as raison.

Le garçon prend son carnet et son stylo :

– Bon, quatre siècles, ça fait quatre cents ans, et quatre décennies, quarante ans. Si on additionne, on obtient quatre cent quarante ans. Si on ôte 440 à 1938, on arrive à… 1498 !

– La fin du XVe siècle ! Ça marche ! La tapisserie date de cette époque. On est à la fin du mois de novembre, et ce soir c'est la lune bleue.

– Wouah… ! lâche Tom.

Il reprend :

La licorne s'éveillera.
Quand par son nom on l'appellera
– Œillet Divin ! –
Libre elle sera enfin.

Léa se tourne vers la tapisserie et appelle :

– Œillet Divin !

Rien ne se passe. Tom insiste :

– Œillet Divin !

Les enfants attendent, les yeux fixés sur l'animal légendaire. Mais il ne bouge pas.

Au bout d'un moment, Tom soupire :

– Ce n'est peut-être pas la bonne licorne, après tout.

– Ou alors ce n'est pas son vrai nom. Lis la suite.

Tom continue :

Dès que ce nom sera prononcé,
À vous de l'amadouer
Lorsque ses chaînes et le sort
Ensemble seront brisés.

– C'est la bonne licorne, affirme Léa. Tu vois bien ? Elle est enchaînée.

– Oui, mais pourquoi est-ce qu'elle ne réagit pas quand on l'appelle ?

– Je ne sais pas…

Tom poursuit :

Une fille devra l'aimer, alors,
Et lui montrer le chemin,
Pour qu'elle ne reste pas enfermée à jamais
À la vue de chacun.

Si elle manque la chance et l'heure
De se cabrer et de s'enfuir,
Toute magie va se tarir
Dans sa corne et dans son cœur.

– Elle est à la vue de chacun, et je suis la fille, Tom ! s'emporte Léa. Je l'aime, cette licorne ; je vais lui montrer le chemin !

– Bon, bon ! Calme-toi ! D'abord, il faut la réveiller.

À cet instant, Tom entend des voix. Il se dirige vers une fenêtre pour regarder dehors. Deux personnes traversent le jardin. L'une porte une cape noire à capuchon, l'autre, un imperméable brun.

Le garçon se tourne vers sa sœur, tout excité :

– Tu avais raison. Teddy et Kathleen nous ont retrouvés. Eux, ils sauront comment briser le sort !

Le visage de Léa s'illumine :

– Bien sûr ! Vite, cachons-nous. À nous de leur faire la surprise, pour une fois.

Les enfants se précipitent dans une pièce voisine. Ils entendent la porte de la salle des tapisseries s'ouvrir.

Un courant d'air froid les frôle. Des pas retentissent. Tom et Léa échangent un sourire complice.

Alors, une voix irritée s'élève :

– Ils ne sont pas là !

– J'ai remarqué, Balor. Mais tu as vu !…

– Aaaah ! C'est *elle*, n'est-ce pas, Grinda ?

Léa attrape la main de son frère et chuchote :

– Balor ? Grinda ?

– Chuuuuuuut ! fait Tom en posant un doigt sur ses lèvres.

Dans la salle des tapisseries, la voix de la fille à la capuche reprend :

– Bien sûr que c'est elle ! Je te l'avais dit, qu'il suffisait de suivre ces mômes. Tu as la corde ?

– Ouais.

Tom et Léa jettent un coup d'œil prudent dans la salle. Deux jeunes gens sont plantés devant la dernière tapisserie. Le garçon tient une épaisse corde noire.

– Appelle-la par son nom, Grinda, ordonne-t-il.

La fille recule d'un pas. Elle ouvre les bras et appelle :

– Dianthus !

Le vent s'engouffre par la porte ouverte. Les fleurs s'agitent sur la tapisserie, le parfum des roses se répand dans la pièce. Et la licorne remue la tête.

– Oooooooooooh ! lâche Léa.

La fille à la cape noire ordonne :

– Tiens-toi prêt, Balor. Nous allons la ramener au Maître.

Léa serre plus fort la main de son frère :

– Qui ça peut être, ce Maître ?

– Je n'en sais rien, répond tout bas Tom. Pas quelqu'un de bien, à mon avis…

Grinda s'adresse à la licorne d'une voix doucereuse :

– Viens ! Viens, ma belle Dianthus ! Éveille-toi, sors de ce vieux tapis !

La bête tourne la tête et pose les yeux sur la fille. Il y a dans son regard quelque chose de très ancien, et en même temps de très jeune et de très innocent.

Elle agite maintenant le cou, comme si elle s'apprêtait à se relever. La fille fait un signe au garçon. Celui-ci forme un nœud coulant avec la corde.

La fille reprend, d'une voix enjôleuse :

– Viens vers moi, Dianthus ! N'aie pas peur. Je vais t'aimer et te montrer le chemin…

Léa n'y tient plus. Elle hurle :

– Non, Dianthus ! Reste où tu es !

Et les deux enfants bondissent hors de leur cachette.

Balor et Grinda se retournent. Ils ont de grands yeux pâles et des figures blêmes. Léa leur lance, indignée :

– Laissez-la tranquille ! Vous ne l'aimez pas ! Nous, si !

À cet instant, un éclair illumine la tapisserie. La licorne bondit tel un cerf par-dessus la barrière de son enclos. Balor et Grinda poussent un cri et reculent vivement. Tom se couvre le visage de son bras.

Un étrange silence s'installe.

Tom baisse le bras. Rien n'a changé, sur la tapisserie. La licorne de laine est toujours enchaînée dans son enclos.

Mais, debout sur le plancher du musée, se dresse la plus belle créature que les enfants aient jamais vue.

Dianthus

La licorne, aussi blanche que la neige, semble irradier. Elle porte au menton une barbiche bouclée. Elle arque son cou gracieux, et sa longue corne torsadée pointe fièrement sur son front.

Balor et Grinda la fixent d'un air effrayé. Léa, elle, s'avance sans peur :

– Bonjour, Dianthus ! dit-elle doucement.

Elle flatte de la main le large poitrail luisant et s'écrie :

– Oh, Tom ! Viens sentir comme son cœur bat fort.

Grinda réagit enfin. Elle s'interpose entre le frère et la sœur et crache au garçon :

– Pousse-toi ! Cette bête est à nous, et elle vient avec nous.

– Pas question ! s'insurge la petite fille.

– Et d'abord qui êtes-vous ? attaque Tom. D'où venez-vous ?

Grinda lui lance un regard furibond :

– Nous venons d'un monde magique,

celui d'où elle vient aussi. C'est à nous qu'elle appartient, pas à vous !

Puis elle se tourne vers son compagnon et ordonne :

– Balor ! La longe !

Celui-ci s'avance et tente de passer la corde noire au cou de la licorne. La bête se cabre et traverse la salle au galop. En trois bonds, la voilà partie dans le jardin.

Tom et Léa s'élancent derrière elle. Balor et Grinda les bousculent, les doublent. Balor accule la licorne dans un coin et l'attrape par le collier.

– Tu viens avec nous, espèce d'idiote, que tu le veuilles ou non, gronde-t-il.

– Ne la brutalise pas, toi ! s'énerve Léa. Et ne la traite pas d'idiote !

Dianthus lance des ruades, mais Balor tient bon.

– Laisse-la partir ! s'égosille Léa. Elle ne veut pas vous suivre, tu vois bien !

– Elle n'a pas le choix, grince Grinda. Dès qu'on l'aura attachée, nous serons emportés tous les trois au château du Sorcier Noir.

– Non ! hurle Tom.

Il se jette sur Balor et essaie de lui arracher la longe. Balor lâche le collier de la licorne, envoie le garçon rouler dans la neige.

Puis il se met à faire tourner la corde comme un lasso.

Dianthus se cabre de nouveau.

Le souffle qui sort de ses naseaux monte en buée dans l'air glacé.

– Le livre de magie, Tom ! crie Léa. Vite !

S'agenouillant dans la neige, le garçon fouille dans son sac. Il en sort le livret, le feuillette fébrilement, cherchant une formule qu'ils n'ont pas encore utilisée :

– Il nous reste « Pour appeler un nuage ».

– Ce que tu veux ! Vite !

Tom lit à haute voix :

Des hauteurs du ciel, venez !
É e-no-riel, ée-no-loé !

Aussitôt, une épaisse nuée blanche emplit le jardin. C'est un brouillard si dense que Tom ne voit même plus ses mains. Il entend Grinda appeler :

– Balor ? Où es-tu ?

– Ici !

Une poigne se referme sur le bras de Tom. Le garçon se débat :

– Lâchez-moi !

– C'est moi, lui chuchote la voix de Léa. Viens !

Accrochés l'un à l'autre, ils rejoignent la colonnade, la suivent à tâtons jusqu'à la porte qui conduit à l'entrée principale.

– Dianthus ! murmure Léa. Viens !

Le garçon perçoit le léger craquement des sabots de la licorne dans la neige.

– Où est-elle passée ? rugit Balor derrière eux.

– Tais-toi, imbécile ! s'énerve Grinda. Et trouve-la !

Tom tend la main ; il sent sous sa paume la douce crinière de la bête. Léa pousse la porte. Ils pénètrent tous les trois dans le grand vestibule. Tom referme le battant derrière eux. Grinda et Balor, perdus dans le brouillard, n'ont pas pu les rattraper.

La gardienne du musée, toujours assise derrière son bureau, reste bouche bée en voyant apparaître les enfants accompagnés de l'animal fabuleux.

Dianthus marche avec élégance sur le plancher. Quand elle passe, la femme tend le bras et la touche du bout des doigts avec une exclamation incrédule.

– Merci à vous d'avoir ouvert les cloîtres aujourd'hui, lui dit Léa.

– Et remerciez M. Rockefeller d'avoir fait don des tapisseries au musée, ajoute Tom.

La gardienne les regarde partir, incapable de prononcer un mot.

Dianthus et les enfants sortent dans la rue. Dehors, le vent hurle plus fort que jamais ; la neige tombe si dru qu'on n'y voit pas à un mètre. La licorne s'agenouille.

– Elle veut qu'on monte sur son dos, comprend Léa.

Elle enfourche la bête ; son frère grimpe derrière elle.

À l'instant où
Dianthus se relève, Balor
et Grinda jaillissent du musée
comme des furies.

– Arrêtez ! crie Grinda.

La licorne leur jette un bref regard.
Puis elle bondit avec agilité par-dessus une
congère et s'enfonce dans le blizzard.

La vie revient

Dianthus descend la rue au galop. Son allure est si souple, si gracieuse, que les enfants sont à peine secoués.

À mesure que la longue corne de la bête transperce le rideau de neige, la fureur de la tempête s'apaise comme par magie.

Tom sent de nouveau le bout de ses doigts et de ses orteils. Tout son corps se réchauffe.

Dianthus traverse un parking désert, suit des quais, dépasse un pont.

Les pylônes et les câbles qui le soutiennent forment un arc d'argent au-dessus des flots bouillonnants. Tandis que la licorne longe le fleuve, le courant se calme.

Dianthus s'engage dans la ville. Aussitôt, le vent qui siffle entre les hauts bâtiments se transforme en une douce brise. Les tourbillons glacés deviennent de légers flocons en forme d'étoiles ; on se croirait sur une carte de Noël.

Au passage de la créature fabuleuse, les véhicules coincés dans la neige recommencent à circuler. Les lumières se rallument dans les restaurants ; la musique éclate, joyeuse, dans les clubs de jazz.

La bête a pris un trot léger et caracole dans les rues en secouant sa crinière.

De toutes les habitations délabrées, les gens sortent sur le pas de leur porte ou mettent le nez à la fenêtre, se demandant pourquoi le blizzard a soudain cessé.

Quand ils aperçoivent la licorne, avec sa longue corne scintillante, de larges sourires illuminent leurs visages. Les cloches des églises se mettent à carillonner gaiement.

Dianthus arrive enfin devant l'un des murs de pierre qui bordent Central Park. Elle le franchit d'un bond formidable. Elle retombe de l'autre côté et s'enfonce dans la neige jusqu'aux genoux. Elle s'en dégage avec aisance, descend une pente au galop.

Les nuages s'écartent, et le soleil couchant laisse couler ses rayons d'or.

Des marchands ambulants parcourent déjà les allées en poussant leurs charrettes à bras.

– Maïs grillé ! crie l'un.

– Marrons chauds ! annonce un autre.

Une délicieuse odeur emplit l'air.

La licorne trotte à présent vers le château du Belvédère. Bill Perkins, debout devant l'entrée, observe le ciel redevenu clair.

– Monsieur Perkins ! lui lance Léa. Le blizzard s'est calmé, finalement !

Quand le météorologue découvre les enfants à califourchon sur une licorne, il ouvre des yeux stupéfaits. Puis il leur adresse un grand signe en souriant.

L'animal fabuleux continue sa course. Lorsqu'ils passent devant l'ange qui orne la fontaine, Tom a l'impression que ses ailes de pierre frémissent.

– Tu as vu ? souffle-t-il à sa sœur.

– Oui, oui, dit la petite fille, pas plus étonnée que ça.

Puis la statue de Balto leur lance un bref aboiement, et les chevaux du manège hennissent, tandis que résonne la musique entraînante du carrousel.

Dianthus s'engage dans une allée, bondit par-dessus un autre mur et reprend le galop pour traverser un champ. Sa corne étincelante lance des éclairs dorés qui se reflètent dans la neige.

La licorne s'arrête enfin au pied de l'arbre où la cabane magique est perchée.

Léa entoure de ses bras le long cou gracieux de la bête et lui murmure à l'oreille :

– Oh, merci ! Merci ! C'était merveilleux.

Puis, regardant son frère par-dessus son épaule, elle demande :

– Qu'est-ce qu'on fait, maintenant ?

– Eh bien, je suppose qu'on met pied à terre…

Tous deux sautent dans la neige. Puis Léa reprend :

– Et elle ? Où va-t-elle aller ?

– C'est une bonne question, reconnaît le garçon.

– Elle vient avec nous, évidemment ! répond une voix.

Les enfants sursautent.

Balor et Grinda surgissent de derrière l'arbre. Balor tient la corde entre ses mains.

Tom n'en croit pas ses yeux :

– Comment… Comment êtes-vous arrivés ici aussi vite ?

– On a pris le métro, dit Balor. C'est plus rapide qu'à dos de licorne.

Et il rit méchamment.

– Tais-toi, Balor, le réprimande Grinda.

Puis elle fixe sur les enfants un regard perçant :

– Je me réjouis de savoir que la chevauchée vous a plu. À présent, vous pouvez dire adieu à Dianthus. Nous allons nous occuper d'elle.

– Ça, certainement pas ! réplique Léa.

Et elle encourage la bête :

– Cours, Dianthus, cours !

Mais Grinda s'est déjà jetée sur l'animal et a saisi son collier à deux mains. La licorne se cabre et secoue furieusement sa crinière. Grinda ne lâche pas prise :

– Passe-lui la corde, Balor ! Vite !

Balor lance le nœud coulant. La licorne recule et détourne la tête.

Tom bourre le garçon de coups de poing :

– Laisse-la ! Fiche le camp !

Il se sent un peu idiot de crier et de s'agiter comme ça. Mais il ne voit vraiment pas quoi faire d'autre.

Soudain, tandis que Balor et Grinda tentent encore d'attraper la licorne, Léa pointe le doigt dans leur direction et se met à réciter :

Volailles à plumes vertes, volailles à jaune bec, Kan kan kan lette, kan kan kan nec !

La corde tombe sur la neige. Balor et Grinda se mettent à tourner sur eux-mêmes telles deux toupies. Plus ils tourbillonnent, plus ils rapetissent.

Tom distingue un mélange de couleurs :
du gris, du brun, du jaune, du vert.

Peu à peu, le tournoiement ralentit,
puis s'arrête. Les gredins ont disparu.

À leur place se tiennent deux canards.

9

Ce sont eux !

L'un des canards est brun, avec des ailes noires et blanches. L'autre a la tête verte et le poitrail rouge. Ils ouvrent leurs becs jaunes et font « Coin, coin ! ».

– Heureusement, j'ai appris la formule par cœur, explique Léa, la mine réjouie. Je savais bien qu'elle nous serait utile un jour ou l'autre.

Tom ne peut s'empêcher de rire.

– Bon boulot ! reconnaît-il.

Les deux volatiles se dandinent sur leurs pattes palmées en cancanant.

Un vol de canards sauvages leur répond bruyamment : « Coin, coin ! »

– Allez, Balor et Grinda ! lance Léa. Faites donc comme vos copains. Partez vers le sud pour passer l'hiver dans les pays chauds.

– Oui, les encourage Tom. Allez-y ! Je suis sûr que vous vous amuserez.

Les deux oiseaux battent des ailes. Puis ils décollent. Les enfants, le visage levé, les regardent disparaître derrière les gratte-ciel.

Léa entoure de ses bras le cou de la licorne et pose sa joue contre la crinière soyeuse :

– Maintenant que tu es sauvée, nous devons te quitter. Mais, avant, il faut que je te montre le chemin de Camelot. Le problème, c'est que je ne sais pas comment !

À cet instant, un coup de klaxon retentit : « POUÊT ! »

Un taxi jaune s'est garé le long du parc. Le chauffeur fait de grands signes par la vitre.

– Qu'est-ce qu'il nous veut, celui-là ? marmonne Tom.

L'homme descend de son véhicule. Sa large casquette lui tombe sur les yeux, et son visage est à demi caché par une grosse écharpe.

– Hé ! s'écrie Léa. C'est celui qui nous a laissés en plan dans la neige !

L'autre portière s'ouvre, et une jeune fille sort à son tour. Un châle rouge lui enveloppe la tête et les épaules.

– Et voilà la fille qui nous a fait descendre à la mauvaise station de métro ! ajoute Tom.

Le chauffeur de taxi et la jeune fille se rapprochent. Tout en marchant, l'homme ôte sa casquette et retire son écharpe. C'est un garçon à la tignasse rousse.

La fille dénoue son châle, libérant ses longs cheveux noirs. Tous deux arborent un grand sourire. Alors, Tom les reconnaît :

– Ce sont eux !

– Teddy ! Kathleen ! s'exclame Léa en agitant la main.

Les quatre amis se jettent dans les bras les uns des autres, riant et parlant en même temps.

– Alors, c'était vous !

– Eh oui, c'était nous !

– Désolée de vous avoir indiqué le mauvais arrêt, dit Kathleen. Seulement, c'était là que Teddy vous attendait.

– Et moi, ajoute Teddy, je regrette d'avoir dû vous abandonner dans cette tempête. Mais j'étais sûr que vous trouveriez l'entrée des Cloîtres.

– Ce Balor et cette Grinda, on les a pris pour vous, explique Léa.

– Nous t'avons vue les transformer en canards, dit Kathleen. Bien joué !

– Qui sont-ils ? interroge Tom.

– Des apprentis du Sorcier Noir, explique Teddy. Nous ne savions pas qu'ils vous suivaient. Merlin lui-même l'ignorait.

– En fin de compte, ils nous ont aidés sans le savoir, fait remarquer Léa. Ils connaissaient le nom de la licorne.

– Nous, on pensait que c'était « Œillet Divin », explique Tom.

– J'avais dit à Merlin que cet indice était trop difficile, intervient Teddy. « Dianthus » est le nom savant de l'œillet. C'est un mot qui vient du grec : *Dios* désigne le dieu Zeus, et *anthos* signifie « fleur ».

– Balor et Grinda parlent le grec ? s'étonne Léa.

– Ça m'étonnerait ! C'est juste que ce nom est célèbre dans l'Autre Monde. On y connaît la licorne pour sa puissante magie.

– Et sa grande bonté, ajoute Kathleen.

– C'est vrai ! approuve Léa. Quand elle parcourait les rues en fendant l'air de sa corne, le blizzard se calmait. Et tous ceux qui la voyaient passer semblaient retrouver l'espoir et la joie de vivre.

– Le Sorcier Noir voulait capturer Dianthus pour priver le reste du monde de sa bienfaisante magie, continue la jeune Selkie. Vous avez su déjouer ses plans ; Merlin va être content.

Teddy se tourne vers le taxi jaune, garé sur l'avenue :

– D'ailleurs, je pense qu'il va vouloir vous remercier lui-même.

La portière arrière du véhicule s'ouvre. Deux personnes en sortent : une femme en manteau pourpre et un homme vêtu d'une tunique bleu nuit.

La femme a de longs cheveux d'argent, l'homme est un vieillard à barbe blanche.

– Morgane et Merlin ! souffle Tom.

Dianthus trotte dans la neige à leur rencontre et incline la tête devant eux. Merlin lui flatte gentiment l'encolure.

Morgane s'adresse aux enfants, et sa voix est aussi douce qu'une musique à leurs oreilles :

– Bonjour, Léa. Bonjour, Tom. Quelle joie de vous revoir !

Léa se jette dans les bras de la fée.

– Comment se fait-il que Merlin et vous soyez venus jusqu'ici ? s'étonne Tom.

– J'ai toujours désiré visiter New York, explique Morgane. Teddy vient de nous promener en taxi.

En riant, elle ajoute :

– Merlin a dû lui ordonner de ralentir à plusieurs reprises.

Le magicien sourit :

– Bonjour, vous deux. Merci d'avoir libéré ma chère Dianthus ! Il y a très longtemps de cela, des malfaisants l'ont arrachée au royaume de Camelot. Elle a été sauvée par les tisserands des Pays-Bas. Pour la protéger, ils ont usé de tout leur art et l'ont cachée dans une tapisserie. Je savais que je pouvais compter sur vous pour lui rendre sa liberté, le jour où le sort serait rompu. Mais votre mission a pris un tour plus dangereux que je ne l'avais prévu. J'ignorais que le Sorcier Noir avait envoyé ses apprentis à vos trousses dans le but de capturer la licorne.

– Les pauvres ! ne peut s'empêcher de les plaindre Léa. Les voilà transformés en canards, à présent !

– Ne t'inquiète pas pour eux, la rassure Teddy. Dans quelques jours, l'effet de la formule va se dissiper. Ils retrouveront leur forme humaine et rentreront chez eux.

– Oui, renchérit Kathleen. Et je suis sûre que le Sorcier Noir trouvera une autre sale besogne à leur confier.

– Certainement, conclut Merlin. Toutefois, ils ne se serviront plus jamais de leur corde noire.

Le magicien ramasse la longe, abandonnée sur la neige, et la tend à Teddy :

– Rapporte-la à Camelot, et veille à ce qu'elle soit détruite.

– Avec plaisir ! répond le jeune bibliothécaire.

– Ce doit être affreux d'être au service du Sorcier Noir, murmure Léa.

Regardant Merlin, elle ajoute :

– J'aime mieux travailler pour vous !

– Et moi, je suis heureux de votre collaboration, dit le magicien en souriant. Lors de vos quatre dernières missions, Tom et toi avez prouvé que vous utilisiez la magie avec sagesse. À présent, je peux vous confier l'un des plus grands trésors de Camelot.

Merlin tire des plis de sa robe un bâton en spirale, qu'il tend à Tom :

– Je vous offre la baguette magique de Dianthus ! Comme vous le voyez, elle est taillée en forme de corne de licorne. Elle a un très grand pouvoir.

Tom la prend. À son contact, la main lui brûle – froid ou chaleur, il ne sait pas.

– Avec l'aide de cette baguette, continue le magicien, vous créerez votre propre magie.

Morgane précise :

– Cependant, vous ne pourrez pas l'utiliser avant d'avoir essayé tous les autres moyens. Et rappelez-vous toujours ceci : elle ne sert qu'à faire le bien.

– Nous nous en souviendrons, promet Léa.

– Merci ! Merci beaucoup ! dit Tom en ouvrant sa sacoche pour y ranger le précieux objet.

– Nous allons vous quitter, maintenant, annonce Merlin.

Il s'adresse à Teddy et Kathleen :

– Vous deux, vous chevaucherez Dianthus jusqu'à Camelot. Moi, j'aimerais parcourir un peu les rues de New York au volant de ce taxi. Morgane, vous venez ?

– Avec plaisir, répond la fée. Mais conduisez moins vite que Teddy, d'accord ?

– Ça, je ne promets rien, la taquine le magicien. Au revoir, les enfants ! J'aurai sûrement besoin de vous bientôt.

– Au revoir ! lancent Tom et Léa.

Merlin offre son bras à Morgane, et tous deux se dirigent vers l'endroit où le véhicule jaune est garé. Ils montent à l'avant, claquent les portières. Le moteur tousse, ronfle, et le taxi démarre sur les chapeaux de roues. En filant le long de l'avenue, Merlin klaxonne avec enthousiasme :

« POUÊT ! POUÊT ! »

10

La baguette
de Dianthus

Tom, Léa, Teddy et Kathleen éclatent de rire. La jeune Selkie s'écrie :

– Je crois que je préfère rentrer à Camelot sur le dos de Dianthus plutôt qu'avec Merlin !

La licorne blanche s'agenouille dans la neige pour laisser Kathleen et Teddy monter sur son dos. Puis elle se relève.

Teddy sourit à ses amis :

– C'est un grand privilège, vous savez, de se voir confier la baguette de Dianthus.

– Je l'ai compris, assure Tom avec gravité.

– Dites-moi, les questionne Léa avec malice. On ne vous aurait pas aperçus aussi à Venise ? Et à Bagdad ? Et à Paris ?

Les jeunes magiciens échangent un coup d'œil complice, puis ils hochent la tête.

– J'en étais sûre ! triomphe la petite fille. C'est gentil de nous avoir aidés.

– Et merci pour le livre de formules magiques, ajoute Tom. Il nous a été bien utile.

– Tant mieux ! se réjouit Teddy. J'espère qu'on se reverra bientôt. Au revoir !

– Au revoir, Dianthus ! dit Léa en caressant une dernière fois la douce corne brillante.

La créature baisse la tête pour regarder la petite fille. Les derniers éclats du soleil allument des étincelles d'or au fond de ses yeux. Léa se dresse sur la pointe des pieds et lui chuchote quelque chose à l'oreille. Puis elle recule.

Dianthus s'ébroue, allonge le cou et bondit. La licorne et ses deux cavaliers disparaissent dans un éclair argenté.

Léa fixe l'horizon, silencieuse.

– Qu'est-ce que tu lui as dit ? demande Tom.

– Qu'elle devait partir avec Teddy et Kathleen.

La petite fille cligne des paupières pour chasser ses larmes.

– Et qu'ils lui montreraient le chemin.

Tom pose la main sur l'épaule de sa sœur :

– Ne sois pas triste. Nous reverrons Dianthus, je le sens.

Léa sourit :

– Voilà que tu parles comme moi, à présent !

La nuit tombe, et il fait de plus en plus froid. Le garçon frissonne :

– On y va ?

Léa suit son frère jusqu'à l'échelle de corde et grimpe derrière lui. De retour dans la cabane, ils se penchent à la fenêtre.

Les lumières de New York brillent. La pleine lune monte au-dessus du parc.

– Au revoir, lune bleue ! murmure Tom.

Il ramasse le parchemin de Merlin, pose son doigt sur les mots « bois de Belleville » et prononce la formule :

– Nous souhaitons retourner chez nous !

Le vent se met à souffler, la cabane à tourner.

Elle tourne plus vite, de plus en plus vite.

Puis tout s'arrête, tout se tait.

Un vent froid secoue les arbres du bois et envoie des flocons de neige tourbillonner à l'intérieur de la cabane. Tom et Léa ont retrouvé leurs vêtements habituels. La sacoche de Tom est redevenue un sac à dos.

Le garçon l'ouvre pour vérifier quelque chose.

– Bon, constate-t-il, rassuré. La baguette de Dianthus est toujours dedans.

– On l'emporte à la maison ?

– Ça vaut mieux, je pense. On pourra la ranger dans un endroit sûr jusqu'à notre prochaine mission.

Puis il ajoute :

– Gardons le livre de Kathleen et Teddy en souvenir. On n'en a plus besoin, on a utilisé toutes les formules.

Léa secoue la tête :

– Pas *toutes* les formules ! Il nous en reste une, rappelle-toi : *Pour retrouver un trésor perdu.*

– Oh… euh…, bafouille Tom. En fait, je… je l'ai utilisée.

Il empoigne son sac et lance :

– Allez, viens ! On rentre à la maison.

– Tu l'as utilisée ? s'étonne Léa en le suivant sur l'échelle de corde. Quand ? Pourquoi ?

Tom remonte le sentier à grands pas. Il bougonne :

– Comment crois-tu que je t'ai retrouvée, quand tu as disparu dans Central Park ?

Léa s'arrête et retient son frère par le bras :

– Alors, tu… tu as pensé que j'étais un trésor ?

Le garçon hausse les épaules :

– À ce moment-là, oui.

Léa sourit :

– Super ! Merci de m'avoir retrouvée quand tu t'es perdu.

– C'est toi qui étais perdue.

– Non, toi !

– Mais non ! Toi !

Ils se regardent et finissent par pouffer.

La neige tombe plus fort, un vent glacé secoue les arbres du bois.

– Rentrons ! conclut Tom. Papa nous a fait du chocolat chaud.

Et tous deux partent en courant vers leur maison.

Fin

Si tu as envie de nous donner
tes impressions sur la série
ou de nous parler de tes propres voyages
réels ou imaginaires,
n'hésite pas à nous écrire !

Bayard Éditions Jeunesse
Série Cabane magique
18, rue Barbès
92128 Montrouge Cedex

N'oublie pas d'écrire
ton nom et ton adresse sur la lettre !